SV

Peter Handke
Spuren der Verirrten

Suhrkamp

Druck: Druckhaus Nomos, Sinzheim
Printed in Germany
Erste Auflage 2006
ISBN 3-518-41854-8
ISBN 978-3-518-41854-3

1 2 3 4 5 6 – 11 10 09 08 07 06

Spuren der Verirrten

Und wieder die Gehenden, jeweils zu zweit, als eine Art Paar, jedesmal ein verschiedenes. Von Zeit zu Zeit ist dann auch ein Dritter mit ihnen. Und wieder die auf der einen Seite Auftretenden, auf der anderen Seite Abgehenden und, nach einer kleinen Pause, in geänderter Aufmachung und Gestalt, neu Auftretenden, zu ihrem jeweiligen Reden oder Schweigen Innehaltenden, oder sich Verlangsamenden, oder Beschleunigenden, und so von Anfang bis Ende, während der ganzen Spielzeit. Und wieder habe auch ich meinen Platz eingenommen, als Zuschauer. Seit jeher habe ich nichts getan als zuschauen. Und inzwischen ist das meine Rolle geworden. Vor lauter Zuschauen bin ich zu nichts anderem gekommen. Es wird mir freilich nachgesagt, ich sei ein guter Zuschauer, ja, ein überzeugender, und das sei mehr als ein guter Zuhörer. Wie überzeugend? Man wird vielleicht noch sehen.

*

Zunächst sehe ich zwei, die im Gehen ihren Weg markieren, mit Brotbrocken? Es sind Erwachsene, keine Kinder. Ist es für den Rückweg? Jedenfalls wenden sie sich immer wieder um, winken sogar, ein Winken freilich, welches der, dem es etwa zugedacht war, offenbar ziemlich bald nicht mehr erwidert. Die beiden verschwinden, und treten auch schon wieder auf, vor- und zurücklaufend, Kleidung und Haare in Unordnung. Sie rennen im Zickzack hin und her, dann einer dem andern nicht von den Fersen weichend, einander im Weg stehend. Schließlich stockt einer und läßt sich hören: »Dort – ein Licht!« Und der andere: »Ein Haus!« Und der eine: »Mitten im Wald.« Und sie gehen, wo ihre Arme hingezeigt haben. Wind kommt auf, und die Markierungen verwehen. Und gleich kommen zwei andere daher, auf einem anderen Weg, der in der Mitte den Weg des ersten Paars sozusagen kreuzt, und markieren ihrerseits, mit Papierknäueln? mit Steinchen? Ohne sich umzuschauen, sind sie dann auch schon verschwunden, stumm, worauf unverzüglich ein Getöse einsetzt, wie ich es von den Laubfegemaschinen (oder wie das Gebläse heißt) im Spätherbst kenne, und auch diese Markierungen, egal ob Papier oder Steine, sind augenblicklich weggefegt. Und dann ist noch ein Paar aufgetreten, auf wieder einem anderen Weg, der in der Mitte den Weg der beiden vorangegangenen Paare kreuzt, so daß der Eindruck einer Wegkreuzung mit sechs verschiedenen Wegarmen entsteht (der sich in all den Folgeauftritten noch verstärkt haben wird.) Und auch diese zwei da markieren ihren Weg, mit kleinen Kegeln, offenbar schweren, wohl aus Eisen?, und sind mir dann gleich wieder aus dem Blick. Und wie durch einen Zauber kippen und rollen die Metallkegelchen von der Szene, als würden sie weggesaugt von einem starken Magneten.

*

Der nächste Auftritt, in der immergleichen, immer gleichhellen Leere geschieht zu dritt. Der Dritte da wird verfolgt von zweien, welche Stöcke und Prügel schwingen und überdies mit Steinen, auch Äpfeln, nach ihm werfen.

Er flüchtet kreuz und quer, taucht weg, weicht aus. Bevor sie ihn aber sozusagen umzingelt haben, geht er unversehens in die Hocke und wartet still auf sie. Sie halten ein, hieven ihn auf die Beine. Im gemeinsamen Abgehen, wobei die drei einander die Arme um die Schulter legen, fragt ihn der eine: »Wo wohnst du?« Der Dritte: »Am Mittellandkanal.« Und der zweite: »Hast du nicht eine Schwester?« Der Dritte: »Meine Schwester ist gestorben.« Ein Apfel wird ihm gereicht, und hinter der Szene höre ich ein Hineinbeißen.

*

Beim nächsten Mal sind sie – aber sind es überhaupt dieselben? – wieder nur zu zweit. Sie kommen daher mit Taschen, die sie wie Schultaschen auf den Schultern tragen. Einer trägt spürbar schwerer als der andere, und dieser bietet sich an zu helfen, worauf ihm die Last willig überlassen wird – und schon sind sie wieder weg. Auf einem zweiten Weg kommt dafür gleich ein anderes Paar daher. Einer schleppt einen Koffer, und der andere, der mit freien

Händen geht, nimmt ihm diesen dann ab. Und weg sind jetzt auch sie, worauf gleich noch ein Paar auftritt, auf wieder einem anderen Weg, beide ohne Gepäck, von denen der eine dann im Gehen die Hand des anderen streichelt und der andere, im Abgehen, die Hand des einen küßt. Und schon kommen wieder die zwei mit den Schultaschen auf dem Rükken daher – aber sind es überhaupt dieselben? Der eine geht schnell vor dem anderen her. Dieser will ihn immerzu einholen, auf gleiche Höhe mit ihm gelangen. Aber ein jedes Mal beschleunigt der erste, weicht ihm regelrecht aus, oder schüttelt ihn buchstäblich ab; stößt ihn zurück. Dabei will ihm der zweite doch nur die schwere Tasche abnehmen, und versucht das auf dem ganzen Weg, bis zur Bitte, einer leisen: »Laß mich tragen!« Und immer wieder, auf dem ganzen Weg, wird ihm das verwehrt. Und im Abgang höre ich noch, nach dem letzten Versuch: »Seien wir wieder gut!« Keine Antwort. Und in der Zwischenzeit ist schon das zweite Paar – ist es das überhaupt? – wieder dahergekommen, der eine mit dem schweren Koffer, den er sich dann sichtlich abgenommen wünscht. Doch der andere läßt ihn schleppen, gleichsam zu Fleiß; und auch auf das leise: »So hilf mir doch!« zuletzt: extra keine Reaktion. Worauf auch schon das dritte (?) Paar des Weges kommt, wo wieder die Hand des einen dann sich in die des anderen nestelt, und jetzt aber auf der Stelle weggeschlagen wird. Dann ein Kußversuch. Der Küssenwollende wird weggestoßen. Noch ein Versuch: er wird als Ganzer zurückgestoßen, mit Gewalt. Er zeigt dem anderen ein Photo: »Schau, wir zwei!« Das Photo wird zerrissen. Und jetzt erst sehe ich, daß der andere heftig aus der Nase blutet. Bei jedem dritten Schritt wird ihm ein Taschentuch hingehalten, und jedesmal wird es abgewiesen. Dazu wiederholt der erste in einem fort: »Es tut mir leid«, und zwischendurch auch: »Ich war ein Feigling«, und auch: »Es soll nicht wieder vorkommen«, und zuletzt: »Beim nächsten Mal …«, worauf der oder die Blutende im Abgehen innehält und antwortet: »Ein nächstes Mal wird es nicht geben. Nicht mit dir. Nicht mit mir. Du bist – gewesen. Ah, deine Blutsbrüderschwüre. Und im entscheidenden Moment: Was kommt da von dir? Ein

Zuzwinkern. Ein Zublinzeln, nichts sonst. Du da: nie wieder. Auszeit. Ausgespielt. Brüderlein fein, einmal muß geschieden sein.«

*

Und wieder sehe ich dann zwei daherkommen, jetzt klar als Frau und als Mann. Dazu erscheint, vom anderen Ende der Wegkreuzung her, neuerlich ein Dritter. Er zeigt sich bloß so und verschwindet wieder. Die beiden umschlingen einander, und der Mann sagt zur Frau (oder umgekehrt?): »Hab keine Angst.« Und sie umschlingen einander noch fester, und gehen dann weiter, Schritt um Schritt, der Mann mit dem Arm um die Hüfte der Frau, oder umgekehrt? Und wieder tritt ihnen gegenüber der Dritte auf, weist mit dem Kopf wie gebieterisch hinter sich und verschwindet. Die beiden, zuerst die Frau? zuerst der Mann? sinken in die Knie, und neuerlich umschlingen sie so einander. Und einer der beiden – es ist durch das Umschlungensein weder zu sehen noch zu hören, wer – spricht: »Wie es auch kommt: Ich lasse dich nicht allein. Wir haben schon Schlimmeres überstanden. Erinnere dich an deinen Abschied fürs Internat. Und die Nacht draußen im Schneesturm. Und die Nachricht vom Tod deines Vaters in der Tundra. Und der Traum, in dem ich mit meiner Mutter schlief. Und wie man uns zusammengesperrt hat mit dem toten deutschen Schäferhund, der schon nach ein paar Stunden zu verwesen anfing, damals im Sommer, und wie erst am zweiten Tag, und wie erst am dritten.« Sie lösen sich voneinander, raffen sich auf und gehen Schritt für Schritt weiter, den Blick gleichermaßen weit voraus. Und neuerlich zeigt sich ihnen der Dritte, für einen kleinen Augenblick – und hat schon kehrtum gemacht –, und die zwei folgen ihm, wobei sich der oder die eine noch hören läßt: »Dein Schweiß hat immer so gut gerochen. Selbst dein Angstschweiß.« Und die oder der andere: »Und jetzt?« Und zuletzt, schon verschwanden die beiden, abwechselnd: »Und nie bist du laut geworden.« – »Und immer bist du so fröhlich gewesen.« – »Und immer hast du nur an die anderen gedacht.« – »Und dein schweres Leiden hast du mit Geduld ertragen.« –

»Und welche Verlassenheit jetzt!« – »Und das ist das Ziel?« – (Und dann, wie mit der Stimme eines Dritten:) »Ja.«

*

Und wieder kommen zwei daher. Der (die) eine strahlt, die (der) andere geht maskenhaft. Der eine, sich verlangsamend: »Warum freust du dich denn nicht mit mir? Nie hast du dich mitfreuen können – überhaupt freuen können.« Und unvermittelt dringt durch die Maske des anderen etwas wie Weinen, Wimmern und Schluchzen. Der eine hält inne. Dann weint er still mit. Der andere: »So weine doch nicht. Ich freue mich ja, mit dir, und überhaupt. Ich kann dir bloß meine Freude nicht zeigen. In meiner Freude bekomme ich jedesmal eine Maske, eine finstere, finstere. Und meine größere Freude steigert sich zu einem Wimmern, und meine größte zu einem Schluchzen.« Der eine: »Und trotzdem …« Im Abgehen strahlt er dann aber wieder: »Ah, Freude!« Darauf der andere, wie unter Tränen: »Ach, Freude …« Er stolpert, fällt, und wird begafft. Der Gaffer stolpert so selber, fällt. Beide helfen einander auf. Und weg sind sie.

*

Und wieder sehe ich zwei über die Spielfläche gehen. Der eine stellt sich nun dem andern in den Weg, legt ihm den Arm um die Schultern und läßt sich hören: »Nimm es nicht tragisch.« Der andere stößt den Arm weg. Der erste wiederholt seine Geste und sagt: »Das kann doch jedem passieren. Soll denn ein Tormann, dem der Ball einmal zwischen den Beinen durchgerollt ist, deswegen für immer zu spielen aufhören? Soll der Schauspieler, der sich bei einem Sprung die Zungenspitze abgebissen hat, denn deswegen seinen Beruf aufgeben? Soll denn der Chirurg, der seine Schere im Bauch des Patienten vergessen hat, deswegen Holzfäller am Amazonas werden? Soll der Sohn, der seine Mutter verprügelt hat, deswegen vom Matterhorn springen?« Und wieder stößt, nein, schleudert der andere den fremden Arm weg und läßt sich hören: »Ja, er soll. Und auch der Chirurg soll vom Matterhorn springen, mitsamt seiner Schere. Und auch dein Schauspieler, damit er sich die Zunge bis zur Wurzel abbeißt. Und auch unser Tormann, damit er seine Torszene nicht mehr ohne Ende im Fernsehen sehen muß.« Und wieder das Armumlegen. Und wieder das Abschütteln. »Soll denn der Serienkiller deswegen gar bestraft werden? Soll denn der Selbstmordattentäter sich bloß virtuell mit seinen Opfern in die Luft sprengen? Wie du doch trösten kannst. Der geborene Trostkasper. Wie dein Trösten einen erst recht untröstlich macht, und das seit je. Und im übrigen – nimm's nicht persönlich – nicht nur dein Trost, ein jeder Trost, seit je. Bloß daß deine Art Trösten die allertrostloseste ist.« Der erste senkt darauf den Kopf; bleibt so. Der andere, ihm vorangegangen, kehrt nach einer Zeit um und legt ihm dann seinerseits den Arm um die Schultern. Und so verschwinden die zwei wieder.

*

Und gleich kreuzen wieder zwei die Szenerie. In der Mitte stockt der eine und legt sich die Hände vors Gesicht. Der Mitgeher hält gleichfalls inne, zieht dann langsame Kreise um ihn und sagt schließlich aus dem Stand: »Wie alt bist du?« Keine Reaktion. »Wo bist du geboren?« Keine Reaktion. »Land? Stadt? Vorort?« Keine Reaktion. »Was war dein Vater?« Keine Reaktion. »Sein Vorname?« Keine Reaktion. »Vorname deiner Mutter?« Keine Reaktion. »Mädchenname der Mutter?« Keine Reaktion. »Inländer oder Ausländer?« Keine Reaktion. Lange Pause. Kopfwiegen des Fragers. Dann Wiegen des ganzen Körpers. Dann: »Das erste Geräusch, das dir was bedeutet hat?« Pause. Der Gefragte hat schließlich die Hände vom Gesicht genommen und sich vernehmen lassen: »Das Geräusch des Regens im Laub, im Spätherbst, unter der großen Esche, damals, am Rand der Kuhweide, am Rand des Bachs, beim Kartoffelfeuer. Von allen Bäumen dort behielt die Esche am längsten ihre Blätter. Und wie der Regen da auftraf, das begleitet mich bis jetzt.« Der erste: »Na also: Es wird schon wieder. Alles wird wieder, wie es war.« Der zweite: »Nichts wird wieder. Nichts. Gar nichts.« Er schlägt sich wieder die Hände vors Gesicht und läuft weg. Und der erste läuft ihm nach.

*

Auftritt eine, allein. Etwa in der Mitte der Szene stürmt ihr eine andere hinterher, schlägt ihr aus Leibeskräften mit der Tasche über den Kopf und ist auch schon wieder abgerannt. Der Dritte ist von der Seite, auf einem anderen Weg, dazugekommen und Zeuge geworden. Die Erste ist regungslos stehengeblieben. Der Dritte dann: »Es wird bald Krieg hier geben. Schon zu lange ist Frieden in dieser Erdgegend, viel zu lange. Und dieser Frieden ist bloß noch äußerlich. In Wirklichkeit, das heißt, im Innern, existiert er nicht mehr. Der jetzige Frieden ist ohne Essenz. Dieser Frieden ist faul. Ist verfault. Verfault wie ein Lebensmittel, das nur frisch bleiben kann durch tagtäglichen Gebrauch – unverbrauchbar durch den Gebrauch – und allein durch den Gebrauch, den intensiven! Friede, Lebensmittel der Lebensmittel, Brot aller Brote, bist wieder einmal verbraucht. Gebrauchszeit abgelaufen, für immer? Und warum? Weil es zum Beispiel den andern nicht mehr gibt. Der andre ist im Anderland, und Anderland … Aber vielleicht hat es den andern nie gegeben? Ist eines schönen Tages erfunden – aus der Luft gegriffen worden? Aber was für eine Erfindung! Oder nein: Erschaffung – die Zweite Schöpfung: der andere. Mein Anderer. Meine Anderen. Und jetzt ohne ihn? Schlag auf den Schädel, schlagt ein die Schädel. Man schämt sich inzwischen, Mensch zu sein. Das immerhin noch: Scham. Schämt man sich? So lange sind wir im Frieden dahingegangen. Noch nie so lange hier. Ohne Zwischenfälle. Ah, wir hätten ewig so dahingehen können. Und haben aber den Frieden zum Hassen mißbraucht. Was für Monster wir Ich's-ohne-den-Andern allesamt doch geworden sind. (Beiseite:) Bei mir selber kann ich das ja noch verstehen. – Was ist da geschehen?« Die Geschlagene antwortet, stammelnd: »Ich, dann sie. Sie, dann ich. Dritte Welt gegen Vierte Welt. Halbwelt gegen Ganzwelt. Streit um eine Himbeere. Streit um Fischereirechte. Nachbarschaftsstreit. Die Wut um den verlorenen Groschen. Streit, ob gerade oder ungerade

Zahl. Besonders feindbildfördernd zum Beispiel: Streit um Groß- oder Kleinschreibung. Sie wollte ihr verhaßtes scharfes ß weghaben. Ich dagegen beharrte auf meinem heißgeliebten Buchstaben. Gerade auf ihm. Wegen seiner so speziellen Form. Was für eine schöne Form. (Sie zeichnet mir den Buchstaben in die Luft.) Keine Form darf verlorengehen. Kostbare Formen. Welterbe Form, Welterbe scharfes ß! Kostbare Formen – kostbare Welt. Streit um die Form einer Himbeere. Rund oder leicht gebaucht? Streit um die Zahl der Punkte auf dem Rücken eines Marienkäfers. Erst sagte sie: Acht. Dann ich: Sieben. Dann sie: Sieben. Dann ich: Neun. Ende der Nachbarschaft. Aus mit dem Frieden. Gute Nacht, Nachbarin.« Sie läßt unversehens ein Schnappmesser aufschnappen und schreitet damit in die Richtung der Schlägerin. Der Dritte verzieht sich woandershin.

*

Und gleich sind die zwei, oder zwei andere, wieder zurück, leicht verändert im unverändert hellen Licht. Ich sehe sie sich ergehen, beide mit wie nur je freien Händen unterwegs in einer anscheinend weiten Welt. Und beide zeigen sie dann einander, was sie so bei sich haben: je eine Zahnbürste, je einen Kamm (den sie dann hinter sich werfen), je eine Landkarte, die sie jeweils, der eine mit Schwung, der andere ungeschickt, auf- und zufalten. Und dann läßt sich der eine vernehmen: »Was für ein schöner Frühling.« Und der andere: »Ob es wohl (und er zeigt in den Kreis) unser letzter ist?« Und sie drehen sich im Gehen rundum, erst der eine, dann der andere, einer beschwingt, einer schwerfällig. Und ebenso hat dann auch im Abgehen ein jeder seine Litanei intoniert: »Andalusien.« – »Hinterbrühl.« – »Äußere Hebriden.« – »Fischamend.« – »Kerkyra.« – »Annabichl.« – »O Donaudelta. O Rhônedelta. Delta des Ebro. Delta des Mississippi, Delta des Amazonas, Delta des Yang-Tse-Kiang, Delta des Mekong …« – »O Feistritzbach. O Grafenbach. O Lippitzbach. Krötenlache. Mückendorf. Wespenwinkel …« – »Hoher Norden. Tiefer Süden. Ferner Osten. Wilder Westen …« – »Inzwischen gibt es fast nur noch den Westen, den anders Wilden …« – »Zumindest ist noch nicht Krieg.« – »Warte ab.«

*

Und schon sind die zwei, oder zwei andere, oder noch andere, wieder zur Stelle, dort, wo es sich abspielt. Und noch immer sehe ich sie mit freien Händen unterwegs sein, und noch immer in einer anscheinend weiten Welt. Sie sind noch luftiger gekleidet als in der Vorszene, schlendern barfuß. Und zugleich wirken sie auf mich breiter und gewichtiger, ein Poltern, so oder so, kommt von ihnen, nicht von ihren Schritten, sondern aus den doch leichten Gewändern. Sie fallen in einen Lauf, langsam, sportlich. Im Dahinlaufen stülpen sie dann sämtliche Gewandtaschen nach außen, und nacheinander purzeln und kollern noch und noch Früchte über die Szene, Äpfel, Melonen, Kürbisse … (Diejenige dort war also mitnichten schwanger.) Der eine, im Lauf fast auf der Stelle tretend, mitsamt den herausgestülpten Taschen und Hemden: »Was für ein schöner Sommer.« Die andere, ebenso: »Noch dürfen wir eine Zeitlang unterwegs bleiben.« Der eine: »Noch schnaufen und verschnaufen wir.« Die andere: »Noch dürfen wir eine Zeitlang hier im Freien sein.« Der eine: »Noch dreht sich der Planet um die eigene Achse.« Die andere: »Noch dürfen wir ihn den unsrigen nennen.« Der eine: »Noch sind wir du und ich, und ich und du.« Die andere: »Hast du je zu einer ›Liebste!‹ sagen können?« Der eine: »Ja. Einmal. Im Traum.« Die andere: »Und wie war das?« Der eine: »Unglaublich.« Die andere: »Wie?« Der eine: »Nachwirkend.« Die andere: »Aber gab es nicht einmal eine Zeit, da hat es genügt, am Morgen aus dem Fenster zu schauen, und man wußte, warum man da war?« Der eine: »Ah, die Momente, da ich zu einer Stechmücke sagen konnte: He, du Kleine!, und zu einer vorbeischießenden Ratte: Na, du auch hier?! Und zu einer Ameise, allein auf weiter Flur: Was für eine Einsamkeit!« Sie haben sich einmal im Kreis gedreht und sind im Rückwärtslauf verschwunden, und zugleich kommt schon der Dritte daher, klaubt nach ihnen die Früchte in einen Sack und monologisiert dazu ungefähr: »Schon gibt es wieder die alten Grenzen. Und schon gibt es ganz neue Grenzen. Schon werden die Grenzen, gerade noch wie für allezeit offen, wieder geschlossen, jetzt eine, und jetzt eine, und jetzt, nach Winterende, eine dritte. Hieß nicht schon im Altertum Winterende Jahr um Jahr: neuer Krieg, oder weiter im Krieg, und Sommer hieß: Zeit der großen Schlachten? ›Das waren die Ereignisse des Sommers‹, so schreibt, Kapitel für Kapitel, der Geschichtsschreiber, und Ereignisse für einen solchen, das sind – wie gesagt … Schon werden die versteckten, nicht abgelieferten Waffen geölt. Schon erwachen die tausendjährigen Todfeindschaften in alter Frische. Und mitten im Sommer hängen die Eiszapfen dolchspitz vom Dach. Und die Ameisen sind blau, auch die roten.«

*

Und gleich wieder die beiden, oder andere zwei. Ich habe im übrigen vergessen, zu erwähnen, daß sie ab einer bestimmten Szene – welcher, ist mir entfallen – nicht mehr allein dahingegangen sind, sondern mit mehreren anderen, fast einer Menge, einer eher alltäglichen, die nichts tat und tut, als stumm, ohne große Auffälligkeiten, ohne Verlangsamung und Beschleunigung, und schon garnicht ohne ein Innehalten, an mir vorbeizuziehen, nicht dichtauf, eher sporadisch, wobei von Szene zu Szene, so schien es mir jedenfalls, zwei von den sonst bloß so Defilierenden, und, wie es schien, jeweils andere zwei, sich verwandelt haben zu jenen beiden, bei oder mit denen sich etwas abspielt, oder mit denen sich eher, vorher, hinter der Szene, etwas getan hat oder, im Gegenteil, erst tun wird; und welche zwei von Mal zu Mal sozusagen die Personen der Handlung darstellten, das war jeweils schon an ihren ersten Schritten, und vielleicht auch an einem besonderen Licht, oder auch Schatten auf dem Paar, zu erkennen. In der Szene jetzt also sind sie noch immer mit freien Händen unterwegs? Nein, nur der erste bewegt sich so – der andere schleppt eine schwere Kiste hinter sich her. Und der mit der Kiste bleibt immer wieder stehen. So – und nur so, ohne Mienen und Gebärden – fordert er den Freihändigen zum Beispringen auf. Aber das schlägt bei dem keineswegs an. Er läßt sich vielmehr dann hören: »Recht geschieht dir. – Das hast du dir selber zuzuschreiben. – Wie du mir, so ich dir, und wie du mir nicht, so ich dir schon gar nicht. – (Und unversehens wendet er sich zu mir, dem Zuschauer:) Und du misch dich nicht ein, hast ja keine Ahnung, worum es hier geht, oder? – (Und wieder zum Kistenträger:) Einen Bruch sollst du dir schleppen. Der Darm soll dir herausquellen. Die Hirnschlagader soll dir platzen. Krepier. Und keiner soll dir dann die Augen schließen. Und dein Kind, wenn es an dir vorbeiläuft, soll dich nicht mehr erkennen: Ja, was liegt denn da im Straßengraben und hat Glasaugen?« Der andere, im ruckweisen Dahinschleppen, ruckweise: »Vertragen wir uns wieder, Nachbar. Erinnere dich: Der Sturm seinerzeit, und wie wir einander entgegengelaufen sind, um zu helfen, du mir, und ich dir. Und deine Worte am Grab meiner Frau. Und die Flasche Wein, mit der du kamst, nachdem dein Stier mein Kind angefallen hatte. Und wie wir uns damals rein zufällig begegnet sind, mitten in Alaska, nördlich des Polarkreises, unter der Mitternachtssonne, mitten im Sommer, mitten auf dem Yukon River, jeder mutterseelenallein in einem Kanu unterwegs, ich stromauf, du stromab –« Der erste unterbricht ihn: »Nein, du stromab, ich stromauf –« Der andere: »– ein Moment, in dem wir damals doch beide gewiß waren, wir wären durch ihn für ein ganzes Leben verbunden, und nichts mehr könnte unsre Beziehung trüben, oder gar zerstören – so war's doch zu fühlen – und so fühle ich es. (Und zu mir Zuschauer:) Du bist mein Zeuge. (Und wieder zum ersten:) Frieden.« Der erste: »Frieden ja. Aber nicht mit dir, du menschgewordener Mehlwurm, du menschgewordene Staublawine, du Zahnstocher im Pißbecken, du Begrinser des eigenen Untergangs. – Du fragst mich, warum ich dich so schmähe? Weil ich dich achten will, Nachbar, achten! (Zu mir Zuschauer:) Wenn du wüßtest, wie ich erst mich selber schmähe ...« Und er läßt den andern die Kiste abschleppen, streckt die Finger beider Hände, krümmt sie, streckt sie, strafft sich und eilt mit großen Schritten dem Verschwundenen nach, mit einem wiederholten, zuletzt fast gebrüllten: »Jetzt tu ich's. Jetzt tu ich's!« Und auch er ist dann verschwunden. Die gehende Menge.

Durch diese jetzt zwei mit einer leeren Bahre rennend.

*

Und wieder erscheinen in, vor, hinter der sporadisch passierenden Menge, in leichter Verwandlung die zwei, bei denen es darauf ankommt. Und wieder auch scheinen die Rollen gewechselt: Der eben noch Beschwerte – in anderer Gestalt – geht nun seiner Last ledig, während der gerade noch frei Dahingeschlenderte nun der Behinderte ist, nicht durch eine Last, sondern einen Schmerz, sichtbar an einer Wunde, die ihm offenbar gerade zugefügt worden ist, in dem Augenblick vor dem Betreten der Szene. Und sein Gewand, es ist nicht bloß zerrissen, es ist wie verkohlt. Raucht es? Ja, der ganze Mensch dort raucht und ist am ganzen Leib rauchschwarz. Die Arme, die er von sich wegstreckt, haben etwas von Stümpfen. Er schleppt sich dahin wie auf nur einem Bein, zeigt sich auch so, seinen Zustand. Aber niemand in der Menge hat Augen für ihn; außer sein Partner. Bloß lassen dessen Augen, auch dessen Mienenspiele, ganz und gar keine Teilnahme erkennen. Er schüttelt, sich verlangsamend und dann innehaltend, über seinen Mitgeher zunehmend heftig den Kopf. Zuletzt hebt er die Stimme: »Immer auf eigene Faust: da siehst du, was dabei herauskommt. Der glückliche Mensch mit einem Geschick, das war seit jeher dein Ideal. Und jedesmal dann: Ungeschick und Unglück lassen grüßen. Wer verdient denn heutzutage überhaupt noch ein Schicksal? Man gebärdet sich höchstens so: der da die Zähne bleckt und einen Arm himmelwärts reckt, als habe er gerade die Menschheit gerettet, oder ihr zumindest einen unsterblichen Dienst erwiesen, das ist bloß wieder so ein Tennisstar, der gerade ein Match, eines von tausend im Jahr, gewonnen hat. Was hattest du dort bloß zu suchen? Den Heldentod ist doch schon dein Vater gestorben, und im Krieg davor dein Großvater. So kommt es, wenn man sich zwischen den Fronten herumtreibt. Wärst du doch in Detmold geblieben. Oder in Dithmarschen. Schau, wie du aussiehst: so darf man nicht unter die Leute gehen. Und das alles, weil du dich nicht bescheiden kannst, zu altern und alt zu werden. Der Zorn packt mich, daß ich dein Elend mit ansehen muß, Zorn über dich Unglückshaufen hinaus auf die Weltgeschichte, von Anfang an, seit der sogenannten Schöpfung. Küß die Hand, krepier. Die schönen Tage von Aranjuez hat's nie gegeben. Es kommt eh der Komet? Er ist längst gekommen. Vor Zorn möchte ich knirschen mit zweihundertzweiundzwanzig Zornzähnen.« Er hält unversehens ein und greift sich ans Herz. Der andere: »Wieder dein Herzrasen? Walte Gott, kein Herzkammerflimmern?« Der eine: »Lieber Freund, ich sterbe.« Und dann, nach einer langen Stille, inmitten der Vorübergehenden: »Danke. Was täte ich ohne dich. Mehr als Gold wert bist du für mich. Was für ein Geschenk ist das Leben. Wie herrlich, auf der Welt zu sein.« Im Abgehen: »Wie schön hatten wir es damals in Dithmarschen: das türkische Schaschlik, mitten im Schneesturm. Und in Aranjuez habe ich seinerzeit eine Stunde lang Liebe zur Menschheit gespürt, einfach so, beim Zuschauen, als am Abend die Markthalle mit den Wasserschläuchen gereinigt wurde. Und das jahrhundertalte Restaurant dort, zum Glück ohne Stern. Und als der Komet auf die Erde zuraste: Was für Farben.

*

Und wieder merke ich dann auf bei zweien in der Menge, welche dahinzieht wie eh und je, einmal schütterer, einmal dichter. Der eine der beiden trägt Blumen, wie für Kranke, der oder die andere einen Kranz, wie ... Und vom Blumenträger höre ich dann: »Wie die duften. Traurig bloß, daß sie nichts mehr riechen kann. Und schau, ich bringe ihr auch ihren Lieblingsapfel, den Jakob Lebel, der nirgends sonst mehr wächst als in meinem Garten. Auch wenn sie nicht einmal mehr einen Schluck Suppe hinunterbringt. Sie möchte mich noch einmal sehen, hat sie zu verstehen gegeben. Den ganzen Tag hat sie die Augen nicht mehr geöffnet. Ich muß mich beeilen.« Er ist langsamer geworden und hat innegehalten. Ebenso sein Begleiter, der Kranzträger. Und von diesem, während sie sich allmählich wieder in Gang setzen, ist dann zu vernehmen: »So gelitten hat er, so gelitten. Nicht und nicht hat er sich lassen können.«

Der erste: »Lassen können?« Der andere: »Sterbenlassenkönnen. Die ganze Straße ist zusammengelaufen von seinem Schreien, in der Meinung, da werde einer ermordet. ›Mein Kopf zerspringt! Mein Kopf zerspringt!‹ Zuletzt hat er nur noch gebrüllt, ohne Worte. Zum Erbarmen war das, zum Steinerweichen. Sein Sterben hat mir den Tag gerettet. Vollkommen gefühllos war ich vorher. Ich hätte mir die Pulsadern aufschneiden können, und kein Tropfen Blut wäre herausgekommen. Dreimal bin ich mit dem Schädel gegen die Wand gerannt, und ein jedes Mal womöglich noch gefühlloser wieder aufgestanden. Den Vierbergelauf bin ich mitgelaufen und war oben auf dem vierten Berg womöglich noch tiefer im Tal als am Start. Tage um Tage hätte ich dann seinem Sterben beiwohnen können. Viel zu rasch ist er mir gestorben. Jeder Japser, wie man sagt, ein Adrenalinstoß, jeder Aufheuler eine Herzmassage. Viel zu früh ist er mir verstummt. Wie neugeboren habe ich mich von seinem Totenbett erhoben. Und ich habe mir dann endlich den Anzug gekauft, den Nadelstreif, den Zweireiher, auf den ich es so lange schon abgesehen hatte, nur unfähig zu handeln – so antriebslos war ich, bevor er mir starb. Und dann bin ich ins Kino gegangen und habe endlich wieder Tränen gelacht. So dicke Tränen, wie ein Kind. Hast du etwas gesagt?« Der andere: »Nein.« Der Kranzträger: »Mit seinem Leben hat er mir nicht wenige Tage vergällt. Sein Sterben hat mir den Tag gerettet, den einen wenigstens. Ah, stürbe er doch weiter, weiter und weiter. Immerzu könnte ich seinem Zähneknirschen zuhören, seinem Aufbäumen zuschauen. Und dabei an mich denken. Mich fühlen, endlich einmal. Als der, der ich bin. Als der, der ich war. Als der, der ich sein werde. Hast du etwas gesagt?« Der andere: »Ich wollte dich nicht unterbrechen.« Der Kranzträger: »So unterbrich mich doch. Unterbrich mich!« Sie verschwinden, während die Menge vorne und hinten unentwegt weiterzieht.

*

Und weiter die kleine Völkerwanderung. Und dann wieder darin die beiden, mit denen spürbar gerade etwas geschehen ist, oder gleich geschehen wird. Nur daß ich Zuschauer inzwischen nicht mehr auf den ersten Blick mitbekommen habe, um welche beiden es denn nun geht. Viel zeichenloses Volk bewegt sich an mir vorbei, bis sich darin einer (oder eine) vernehmen läßt: »Und?« Und dann – immer noch nicht sehe ich, welche da im Gespräch sind – ein anderer: »Höchstens noch ein, zwei Tage.« Und darauf der, die erste, oder wer?: »Und es gibt keinen Ausweg mehr?« Und darauf der oder die andere, oder wer?: »Nein.« – »Hast du auch alles versucht?« – »Alles. Stelle um Stelle. Instanz um Instanz. Und keine Stelle, die nicht bedeutet: Es ist aus. Nichts zu ändern.« – »Und niemand, der dich gewarnt hat?« – »Niemand. Nichts. Oder doch: Jeder. Alles. Aber vor lauter Warnungen habe ich keine einzige ernst genommen. Ich weiß nicht mehr weiter. Mit mir ist es aus.« Und erst jetzt, als zwei unter den Dahingehenden stehenbleiben, erkenne ich, wer da spricht: Ein Mann und eine Frau, die sich, indem sie nun deutliche Positionen einnehmen, und auch in ihrer beider Allüre, von der Menge abheben. Diese existiert für sie gleichsam nicht. Der Mann: »Schau, wie ich zittere. Ich schlottere, am ganzen Leib. Hast du mich je so zittern gesehen?« Die Frau: »Noch nie habe ich dich überhaupt zittern gesehen. Wer gezittert hat, das waren die anderen, vor dir. Und wer vor dir nicht gezittert hat, der hatte dich bloß noch nicht kennengelernt. Auch mich hast du immer frisch zum Zittern gebracht. Und das war selten das Zittern des schönen Schwachwerdens.« Der Mann: »Ich falle. Ich spüre schon den Fallwind, an der Kehle da, in der Kehle drinnen. Es ist ein kaltheißer Wind. Ein stickiger Wind. Und er stinkt. Und mein Fall wird tief sein. So tief wie ich hier kann heutzutage keiner mehr fallen, kein Popstar, kein Weltkonzernherr, kein Olympiasieger, geschweige denn ein heutiger Machthaber: wenn so einer fällt, gehen dem höchstens die Schuhbänder auf, oder der Krawattenkragen lockert sich. Wenn dagegen ich falle, werde ich dabei erscheinen als einer jener Helden, wie es früher einmal welche gewesen sind. Zwar wollte ich immer ein Held sein – aber, bei Gott und der Welt, doch nicht so einer. Im übrigen auch nicht deiner, deiner schon gar nicht. Ein Held wollte ich sein, wie es ihn noch nie gegeben hat, nicht einmal bei Shakespeare, und schon gar nicht in den bürgerlichen Trauerspielen. Ich wußte mich zum Helden bestimmt. Ja, bestimmt. Und jetzt: sang- und klanglos das Ende. Indem ich euch anderen das Licht bringen wollte, habe ich nur das Schlechteste aus euch herausgekitzelt. Ich wollte ein Beispiel geben – aber gerade der Beispielgeber hat die Menge noch gemeiner gemacht. Tief werde ich fallen, aber nicht groß. Plumps, und weg. Kein Aufkrachen, nicht einmal ein Platsch. Was mich überleben wird: mein dummes Gesicht über der Kante zum Abgrund. Und die Scham, daß mein Fall auch noch Zuschauer hat. Und die letzte Schuld, daß ich andere hineinziehe in meinen Fall, den da, und die da. Was aber ist meine erste und größte Schuld? Ein Held werden zu wollen ohne Gegenspieler. Den Guten spielen zu wollen und auf den Bösen zu warten. Irrtum der Irrtümer: denn Bösewichte gibt es längst keine mehr, höchstens Schlechte, Schlechte und Aber-Schlechte, die ohne Absicht, Gedanken oder Plan Böses tun, vielleicht umso Böseres, doch eben, als bloß Schlechte, nicht entschieden Böse, keine Gegenspieler abgeben – daher mein Scheitern als Held, daher mein Fall, ohne dramatisches Fallen. Der Gute wollte ich sein? Nein, der im rechten Moment sein.« Die Frau halst ihn. Er schiebt sie weg: »Du dafür: immer im falschen Moment. Wie habe ich mein Lebtag lang auf meine Entdeckung hingearbeitet, jahraus und jahrein, und täglich näher spürte ich mich ihr kommen, bis zu dem Morgen des ›Jetzt!‹, wo ich mich dann absonderte, alle Läden schloß, alle Lichter löschte in Erwartung der inneren Sonne – und dann die zitternde Minute auf das ›Jetzt!‹ zu – und einen Moment vorher kamst du, nein, bist nicht etwa hereingeplatzt: mucksmäuschenstill bist du gekommen, auf den Zehenspitzen und hast engelgleich das Licht eingeschaltet und mir womöglich noch engelgleicher ein Blumensträußchen hingehalten, ein selbstgepflücktes, ›noch mit dem Morgentau drauf‹, so dein Geflüster, dein verheerend-fürsorgliches. Du seit jeher im falschen Moment: hast uns zwei auf dem Gewissen. Bisher hat sich noch jedesmal ein Dritter eingestellt, der uns dann aufhalf, wunderbar. Wunderbarer Dritter. Der uns zweien heraushalf, einfach, indem er der Dritte war. Nothelfer Dritter. Kundschafter. Fährmann. Lotse.« Die Frau ist allmählich in seine Litanei eingefallen. Und jetzt fällt der Mann auf die Knie und redet wieder allein weiter: »Kein Dritter mehr. Kein Dritter weit und breit. Dritter, wohin bist du verschwunden? Damit wir ein Weilchen noch hier- und zusammenbleiben. Ein kleines Weilchen. Ein kleines.« Die Frau fällt zu ihm auf die Knie und streicht ihm übers Gesicht. Er schüttelt sie ab und sagt, zu mir Zuschauer gewendet: »Hab ich's nicht gesagt?« Und jetzt ohrfeigt sie ihn, links-rechts, rechtslinks, so wie man jemand zu Bewußtsein bringen will. Und er läßt sich hören, wieder mit Blick auf mich: »Endlich einmal im rechten Moment ...« Und jetzt tritt auch schon der Dritte auf als eine Art Ordnungshüter: »Auf. Jedermann weitergehen. Zirkulieren. Nicht stocken. Keine Paarbildungen! Jeder einzeln. Augen geradeaus. Kinn vorschieben. Hände aus den Hosentaschen. Knie durchdrücken. Bauch einziehen. Und daß mir keiner mehr zurück über die Schulter schaut. Und Hände weg von unseren Frauen. Nicht auf den Boden spucken. Die Schuhbänder mit doppelten

Schleifen binden. Die Abfälle in die Abfallkörbe. Die Telefone abmelden. Die Gashähne zusperren. Die Post umleiten. Die Notfallraketen nicht naß werden lassen. Das Verfallsdatum beachten. Sinnlos, die Luftschutzkeller aufzusuchen. Sinnlos, die Schwimmwesten aufzublasen. Die Ausweise bereithalten. Die Gebetbücher aufschlagen. Geht hin in Frieden – es wird euer letzter sein. Der letzte Schnee, bald wird er fallen. Und bald der letzte Tau. Schwarz der Schnee, und eitergelb der Tau. Geht. Zirkuliert. Nur nicht stehenbleiben: das bringt auf schlechte Gedanken. Wenn Gedanken, dann nur im Gehen.« Der Dritte ist so aus dem Blickfeld gegangen. Mann und Frau haben sich schon bei seinen ersten Worten vom Boden erhoben und sich die Kleider abgeklopft. Er hat hörbar aufgeatmet. Und zuletzt haben sich die beiden dann auch, inmitten der anderen, neu in Bewegung gesetzt, wobei der Mann sich immer wieder im Kreis drehte, mit ausgebreiteten Armen: »Dritter, du hast im letzten Moment mich begnadigt. Hast mein drohendes Ende – gestundet. Dritter, mein Stunder –« Die Frau: »So ein Wort gibt es nicht.« Der Mann: »Es gibt das

Wort, ab jetzt. Ich habe wieder eine Zukunft, vorläufig. Wir haben eine. Eine Zukunft denken zu können: urgewaltig. Eine Zukunft? Die Zukunft. Kraft hat nur der Gedanke, der ein Zukunftsgedanke ist.« Die Frau: »Und die sonstigen Gedanken?« Der Mann: »Heißen bloß so. Und vom Dritten kam mehr als nur eine Begnadigung. Es war –« Er stockt. Die Frau: »Sag es.« Der Mann: »Es war eine – es war die –« Er stockt. Die Frau: »Gleich hast du den Moment verpaßt.« Der Mann: »Es war die Gnade. Daß ich noch eine Zeitlang sein darf: Gnade. Daß ich überhaupt sein darf: Gnade. Daß zum Beispiel wir zwei sein und miteinander sein dürfen: Gnade der Gnaden. Gnadenreicher Dritter, ohne dich wäre es aus mit uns, lange schon. Wie lange gibt es uns zwei schon? Einen Tag, ein Jahr, dreißig Jahre? Und wenn es hundert Jahre wären, tausend: ah, man hat einander, so oder so, zu wenig lang, als Mann und Frau, als Bruder und Schwester, als Eltern und Kind. Hör doch: das Grillenzirpen, weltweit.« Die Frau: »Das sind die Mobiltelephone, die neuen, die Einheitssignale.« Der Mann: »Ah, der Aufschrei, der seit jeher in mir steckt und nicht herauskann!« Die Frau: »Was für ein Aufschrei? Wovon handelt er?« Der Mann: »Von meiner Dankbarkeit. Aufschrei meiner Dankbarkeit, in die Welt hinaus.« Der Mann, im Abgehen stockend: »Aufschub um Aufschub, das war mein Leben.« Und er streckt wieder die Hände aus: »Schaut, wie ich zittere.« Die Menge hält kurz mit ihm inne und tut wie er, wie die Frau. Ein allgemeines gewaltiges Zittern. Die Frau bricht in Lachen aus. Er: »Was gibt es da zu lachen?« Sie: »Nichts.« Sie lacht weiter, während die Menge weiterzieht und die zwei alleinläßt. Er stimmt in ihr Lachen ein, und so verschwinden auch sie. Ein Aufschrei hinter der Szene, gewaltig.

*

Und wieder fallen mir dann unter den gleich weiter auf der Szene Vorbeitreibenden zwei auf, denen wohl gerade etwas so oder so Dramatisches widerfahren ist oder gleich, jenseits meines Blickfelds, widerfahren wird. Wieder sind es Mann und Frau, wenn auch ein anderes Paar als das von der Vorszene. Sie gehen umschlungen, sind in Eile, stolpern und fallen dabei übereinander her, und er sucht mit der Hand – bloß angedeutet – ihren »Ausschnitt«, während sie ihm, in der Andeutung, »zwischen die Beine greift«, worauf er ihr einen Finger »zwischen die Lippen schiebt«, worauf sie ihn »am Kragen packt und ihn anspuckt«, worauf er sie »an den Haaren an sich reißt« und dergleichen mehr. Und so laufen, stolpern, schlingern die beiden dahin, bis die Frau im Moment vor dem Abgehen noch einmal innehält, jetzt im Abstand zum Mann, der zugleich ein paar Schritte von ihr weg tut, im Rückwärtsgang, und dann geht sie, ebenfalls rückwärts, langsam von ihm weg, und weg von der Szene. Er wird sich dann lange umgeschaut haben und seinerseits verschwunden sein.

*

Und wieder offenbart sich in der gleich nachfolgenden Menge ein Mann-und-Frau-Paar. Auch diese zwei da gehen umschlungen. Aber sie haben es, so scheint es, keineswegs eilig. Die sonstigen Passanten gehen vielmal so schnell wie sie. Die zwei jedoch haben alle Zeit der Welt. Ein Siegerlächeln ist um ihre Münder. Sie haben gerade jemanden besiegt. Wen? Jedenfalls ergehen sie sich jetzt unter dem freien Himmel, auch wenn dieser nicht zu sehen, »nur« zu spüren ist. Sie nimmt dann des Mannes Hand und hat Augen nur für diese. Er legt seinerseits gleichsam als Antwort seinen Daumen auf ihren Hals, dort wo ich buchstäblich die Halsschlagader pochen fühle. Sie antwortet, indem sie in die Knie geht, ihm die Schuhbänder löst und fester, sehr fest wieder zubindet. Als Antwort seinerseits hat er in den deutlichen Riß in ihrem Gewand gegriffen und diesen noch weiter aufgerissen. Sie flüstert ihm etwas ins Ohr. Er flüstert zurück. Und allmählich wurde mir dann dies und jenes verständlich: »... Millimeter um Millimeter ...« – »Daß so etwas möglich ist ...« – »Es war am hellichten Tag, und niemand hat uns gesehen ...« – »Werkzeuge Gottes ...« – »Wer sagt, daß die Könige von heute sich versteckt haben?« – »Sie wollen nur gefunden werden?« – »Wie haben wir es denen doch gezeigt ...« – »Unser – (Flüstern) – sticht alles ...« – (Flüstern) – »geschrieen wie eine Möwe …« – (Flüstern) – »gebrüllt wie ein Löwe …« – »Das Größte ist geschehen …« – »Haarfein und wuchtig …« – »Luftkind und Blitzgott …« – »Endlich einmal wußte ich, wohin mit mir.« – »Endlich wußte ich, wohin mit dir.« – »Endlich eine Richtung.« – »Endlich das richtige Gedränge.« – »Endlich Meer und Gebirge eins.« – »Endlich Salziges und Süßes zusammen.« – »Ein Diamantenschleifen, bis der Diamant weg war, und da war, ganz weg und ganz da.« Und jetzt der Mann: »Ich bin aufgerufen. Ich soll Großes tun. Ich werde Großes tun. Ich werde zu den Herren der Zeit gehören.« Er lüpft die Frau auf und trägt sie über der Schulter weiter, hält zuletzt inne und läßt seine Last wieder zu Boden gleiten: »Einer der Herren der Zeit sein, oder Herr seiner Zeit sein: Was ist mehr?« Die Frau: »Du machst mir angst. Laß uns doch weiter so dahingehen: auf Pilgerschaft. Nur kein Drama. Schluß mit den Dramen. Das Leben soll erscheinen. Das Leben ist mehr.« Der Mann: »Meine Größe steht bevor.« Die Frau: »Du liebes Bißchen.« Sie hat sich dann noch mit dem Ohr zu seiner Brust gebeugt: »Dein Herz schlägt viel zu schnell –

aus dir wird nie ein Großer oder wie man das nennt. Geh weiter, Pilger. Komm, Pilger.« Und bei ihrer beider Verschwinden höre ich noch ein wie zufälliges gemeinsames »Ach, du liebe Zeit …«.

*

Und gleich wieder das Gehen, ein jeder für sich, im immer gleichhellen Szenenlicht. Und wo ist nun das Paar? Nur einer, der mir aus der Menge dann hervorsticht. Er bewegt sich in der Gegenrichtung zu all den anderen. Und er hat offenbar Zeit, und macht Umwege. Zugleich ist er, wieder im Gegensatz zu den übrigen, im Aufbruch. Vor allem an seiner Kleidung lese ich das ab. Es ist ein Gewand für ein langes Unterwegssein. Nicht bloß lang, scheint mir, wird sein Weg sein, sondern dazu einer über Berg und Tal, abenteuerlich – ein Entscheidungsweg. Er ist im Aufbruch zu einer Art Mission: Das zeigt jedenfalls sein Kostüm, das etwas von einer Berufskleidung hat, einer klar unbestimmten, zwischen dem Habitus eines Feuerwehrmanns, eines Legionärs, eines Bergmanns, eines Piloten, eines Expeditionsleiters (fürs erste ohne Gefolge), aber auch »bloß« eines Müllmanns oder Gleisarbeiters – siehe die phosphoreszierenden Stoffstreifen. Dabei geht er unbeladen. Er ist auf dem Sprung. Ein sich verstärkendes Rauschen, ein Klingeln, ein Trommeln, ein Schmettern, ein Wummern schallt von seinem Kreuz- und Quergehen (oder -spuren). Immer wieder auch scheint er mir einen der Entgegenkommenden rempeln zu wollen, und ist dann einen Schritt vorher ausgewichen. Sogar als die Menge sich nun verdichtet und zu einer Art Gedränge wird, schlängelt er sich ohne »Feindberührung« durch sie hindurch. Ist er es, der, wie er zuletzt seinen Weg im Rückwärtsgehen fortsetzt, vor sich hinsummt und, ohne Worte, singt? Ein Summen, das wie von einem ganzen Chor tönt? Und so rückwärtsgehend, mit Blick auf seinen Aufbruchshorizont, ist er dann verschwunden.

*

Und immerzu der Zug der Menge. In deren steter Gleichförmigkeit hat sich nun etwas getan: Einer der Vorbeiziehenden geht mit einer Krücke, ein anderer hat einen Stirnverband. Und allesamt bewegen sie die Lippen, so oder so, unhörbar, oder, wenn hörbar, dann als bloßes Lippenspiel. Und wieder kommt der, auf den sich dann mein Augenmerk konzentriert, aus der Gegenrichtung, und wieder allein. Er kommt gelaufen, mit einer Leiter auf der Schulter, einer mehrteiligen, langen, schweren, und rennt im Zickzack zwischen den anderen durch, als ob diese körperlos seien. Und ist auch schon verschwunden. In der Menge dann einer mit dem Arm in der Schlinge, ein zweiter, ein dritter mit verrußtem Gesicht. Und schon tritt, aus der anderen Gasse, meine Bezugsperson wieder auf, die Farben ihres Kostüms um noch einige Grade blinkender, signalhafter. So im Gegen-den-Strom-Gehen, seine Haken schlagend, zeigt er der Menge seine vollen Hände vor: in der einen, den Arm emporgereckt, wie ein Präsent einen lichterloh brennenden Kienholz(?)prügel – hat es nicht gerade geblitzt und gedonnert? –, in der anderen Hand, in ähnlicher Weise, kaum zu umfassen, so dick und groß ist es, ein Riesenbuch, das er nun der

Menge wie zur Demonstration entgegenhält. Wie im Zaubermärchen scheinen seine Finger zu wachsen, und ebenso schlägt er das Buch mit der Hand, die es hält, auf und bläst, die Augen auf die Menge gerichtet, hinein, worauf ebenso aus dem Buch ein ungleich stärkeres Gebläse zurückkommt (entsprechend der Ton) – worauf er nun die Fackel ins Buch hält – worauf dieses, wie aus einer Esse, eine ungleich stärkere Stichflamme ausspuckt – worauf er das Buch emporhält und, wieder mit der einen Hand, auswringt, wobei dem Buch regelrechte Sturzbäche entstürzen – deren letzten er sich, wieder zur Demonstration?, in den Mund rinnen läßt, und schluckt und schluckt. Und dann ist er gegangen, ohne daß jemand in der Menge ihn und seine Zauberstückchen beachtet hätte; höchstens hat einer ihm eine Münze zu Füßen gelegt, wie einem Straßen-gaukler.

*

Und weiter bewegt sich die Menge, in der mir allmählich nun fast ein jeder auffällig wird. Fast keiner mehr geht ohne das Zeichen einer

Verletzung oder Verwundung. Keiner auch, der unbeschwert dahinzieht: ein allgemeines Stolpern, Fallen, Sichaufraffen, Sichweiterschleppen, Getorkel, Geschiebe, Gehetze, Schuheverlieren, Hüte- und Mützenverlieren hat eingesetzt. Nicht wenigen ist das Gesicht so verbunden, verbandagiert, daß sie wie mit weißen Masken vorbeigeistern. Die eine oder die andere trägt auch einen Schleier. Einer tastet sich voran, die Jacke über den Kopf gestülpt. Keiner, der zurückschaut? Doch, jetzt, einer – der zugleich reglos stehenbleibt und auf der Stelle von seinen Hintermännern und -frauen unter den Achseln gepackt und weitergeschleift wird, wie tot. Einige halten etwas wie Mobiltelephone ans Ohr, auch Walkietalkies: nichts, und wieder nichts; die Geräte werden weggeworfen, weggeschleudert. Dafür kommt dann etwas wie ein Unisono-Weinen, -Wimmern, -Japsen, -Schluchzen, -Winseln, -Zähneknirschen, -Stöhnen, auch -Bellen und -Muhen, eher leise, an der unteren Hörgrenze, von der Menge, in welcher inzwischen ein paar auch Leiterwägelchen ziehen, deren Sprossen fast alle zersplittert sind; ohne irgendwelche

Siebensachen darin – nur in einem sitzt nun ein Kind? eine Puppe? Und mittendrin einer mit einem Rieseneinkaufscaddie, dieser überhäuft von Plastiksäcken, die gefüllt sind womit? Mit anderen Plastiksäcken. Und dazu die im Dahingehen kurz Einnickenden, Einknickenden, zusammenfahrend dann Weitergehenden. Und wieder taucht jetzt einer auf, kostümiert ähnlich dem von der Vorszene, nur daß sein Kostüm womöglich noch dramatischere, geradezu alarmierende Farben angenommen hat. Und angesichts dieses oder jenes Entgegenkommenden verlangsamt er sich, und hält dann und wann auch inne. So bei einem mit herabgefetzten Kleidern, der offensichtlich gefragt werden möchte. Aber er fragt nicht. Oder bei der einen, die auf allen vieren kriecht und, als er bei ihr hält, ebenfalls wie zum Gefragtwerden den Kopf hebt: Er fragt nicht. Einer, der sich auf dem Boden wälzt und die Augen zu ihm verdreht: Er fragt nicht. Einer, der vor ihm Schnee mit Eisbrocken vom Kopf schüttelt: Er fragt nicht. Einer hält ihm einen Zettel hin: Keine Reaktion. Einer, der ihm ein fast plakatgroßes Photo vor Augen führt: Er zwinkert nicht einmal. Eine, die vor ihm eine tiefrote Flüssigkeit aus dem Schuh leert: keinerlei Reaktion. Einer schreibt vor ihm in die Luft und formt anscheinend lautlos Worte, einen Satz, wiederholt den: Er zuckt nicht einmal die Achseln. Und als zuletzt dann einer ihn einfach bloß anschaut, groß, still, blickt er weg, blickt voraus, »in seine Richtung«, blickt »zum Himmel«, blickt über die Schulter »ins Leere«, wie in Erwartung »seines Gefolges«, und zieht, allein, ab. Der Zug wird in der Folge immer spärlicher. Die letzten dann scheinen mitten im Gehen verrückt zu werden. Zuletzt geht einer, abwechselnd zum Gotterbarmen heulend, abwechselnd an einer Wasserpfeife ziehend; und neben ihm noch einer, das Hemd über den Kopf gezogen; und dann noch einer, mitten im Gehen, statt vom Wahnsinn vom Schwachsinn befallen?

*

Leere Szene. Auftritt, allein, der (oder ein anderer?) mit dem Kostüm des »Protagonisten«. Er hebt einen verlorenen Kinderhandschuh auf – der ihm paßt. Er setzt sich einen weggeworfenen Hut auf, einen Riesenhut, für ihn doch viele Nummern zu groß? – der sitzt wie für ihn bemessen. Bevor er wieder abstolziert, mit seinen Schritten etwas wie den Aufstieg zu einem Heldenhügel oder -berg probend, mit einer der entfallenen Krücken oder Beinschienen voraus- und voraufweisend, in Positur, läßt er eine Art Dschungel- oder Savannenschrei hören. Und, wieder zum »Himmel« blickend, als Herold seiner selbst: »Mein Name, bis ans Ende der Zeiten ein erhabener Klang. Ein Echo bis nach Neuseeland und bis ins hinterste Waldviertel. Zu groß bin ich für mein Land – überhaupt für ein Land.« Und wieder der Blick über die Schulter und abziehend und dabei: »Alle mir nach!« Nur kommt dann aus seiner Blickrichtung niemand, und überhaupt bleibt die Szene eine kleine Zeitlang wieder leer.

*

Dafür queren dann aus der Richtung, in die er aufgebrochen ist, welche zu zweit, ohne die Menge. Sie stellen einen Alten und einen Jungen dar. Sie gehen langsam. Der Alte hat die

Hand auf die Schulter des Jungen gelegt. Der Junge trägt etwas wie einen Holzblock, eine Sitzgelegenheit? Der Alte aber – erst kurz bevor die zwei verschwinden, wird mir das auffällig – hält in seinem Rücken mit der anderen Hand ein Schlachtermesser. Und gleich – keine Zeit scheint vergangen, wie bei Ab- und Aufblende eines Films – kehren die zwei wieder zurück und queren die Szene wie gerade, auf einem kurzen Segment im Hintergrund, fast schon einer Tangente. Der »Alte« hat die Hand nicht mehr auf der Schulter des Jungen, und seine andere Hand ist leer. Dafür hält der Junge das Messer vor sich hin, als eine Art corpus delicti. Und er läßt sich im Verschwinden dann hören: »Das werde ich dir nie verzeihen, Vater. Ich hasse dich, Vater Abraham. Du bist mein Vater nicht mehr. Vater, dein Sohn verstößt dich. Jemand wie der da kann nicht mein Vater sein. Gesteh, daß du gar nicht mein Vater bist. Daß ein anderer mein Vater ist. Wer ist mein Vater? Vater, wo bist du?«

*

Und wieder wird, auf einem ähnlichen kurzen Segment, die Szene von zweien gequert, die etwas von Nachbildern der Menge haben, von Nachbildern der Nachbilder. Jetzt sind das eine finster geschminkte herrische Frau und eine sehr Junge, »fast ein Kind«. Wie im Spiel, oder wie zur Probe, legt die Frau dem »Kind« die Hände um den Hals und drückt mehrmals leicht zu, und das Kind windet sich aus dem Würgegriff, wieder und wieder. Und es läßt sich dann so vernehmen: »Wie fremd warst du mir immer, Mutter. Und wie hast du dir doch etwas eingebildet darauf, Mutter zu sein. Allein mit meiner Geburt war für dich der Lebenssinn erfüllt. Dabei hast du dein Muttersein von Anfang an bloß gespielt. In Wirklichkeit wolltest du keine Kinder, gar keine. Du hast gewünscht, ich möge bei der Geburt sterben. Du wolltest mich als Totgeburt. Und schon seit meiner Geburt trägst du dich mit dem Gedanken, mich zu erwürgen. Auf der Straße hast du dich blicken lassen als die starke, schöne, gute, zauberhafte Mutter und wolltest danach ins Haus gehen und mich töten. Und jetzt endlich hast du den Vorwand: die Untreue deines

Mannes, den Schmerz über den Verrat an deiner Liebe – und als Rache: Mord am Kind dieser Liebe – Raserei einer Verlassenen: ausmerzen, was man einst vom Geliebten unter dem Herzen trug. Gelogen, Mutter Medea. Dein Mann hat dich nie geliebt. Nur sein Kind hat er geliebt. Keiner konnte dich je lieben. Und deswegen wolltest du deine Kinder töten, seit je, Untreue hin, Untreue her. Die Welt betrügst du, falsche Mutter, aber nicht mich. Du willst mich nicht. Du hast mich immer weggewollt.« Immer leiser ist die Stimme des »Kindes« geworden, dabei umso klarer vernehmlich. Und zugleich schienen die beiden im Szenenhintergrund sich aufzulösen, und sind so verschwunden, wie eben Nachbilder.

*

Gleich nach ihnen irrt nun momentlang eine Gestalt allein über die Szene, wie gerade erst blind geworden, und schreit sozusagen zum Himmel: »Muttergrauen! Vatergrauen! Nie mehr Fremden begegnen an Kreuzwegen! Kreuzwege meiden! Nie mehr das Orakel befragen! In den Rätseln bleiben! Warum bin ich nicht in den Rätseln geblieben?« Und während er noch dahintappt, eilt ein anderer Einzelner auf einem anderen Wegsegment dahin und schreit auf andere Weise: »Ich bin unschuldig. Ich habe meinen Bruder nicht getötet. Es war ein Befehl von oben …« Und gleich danach setzt wieder das Vorbeiziehen der Menge ein. Gleichsam deren Vorhut hat gebildet der als »Held« Kostümierte aus einer der Vorszenen, der da aufgebrochen war in die »Größe«. Sein Aufzug scheint noch ziemlich derselbe, nur daß alle die phosphoreszierenden, leuchtenden, blinkenden Farbstreifen daran erloschen oder ausgeblichen sind. In der Szenenmitte hat er innegehalten, sich die Kinderhandschuhe abgestreift, die ihm viel zu klein sind, den Riesenhut abgenommen, der ihm auf die Nasenwurzel gerutscht war, und steht so mit gesenktem Kopf, wie bestellt und nicht abgeholt. Für sein »Gefolge« scheint er dann nicht zu existieren; im Vorbeigehen zieht es einen unauffälligen Bogen um ihn. Fast ist das jetzt in der Tat eine Menge. Stetig kommen welche nach, das heißt, es treten welche wieder auf, die gerade abgegangen sind. Ohne Unterlaß bewegen sich jedenfalls einige oder mehrere in der einen und der anderen Richtung über die Szenerie. In diesem ständigen Kommen und Gehen, auch wieder zeitweiligen Sichverlangsamen eines, oder zwei, oder drei, der Gehenden werden mir, in Abständen, klare Rede-, Dialog-, Monolog-Momente hörbar. Das hebt etwa so an: »Hast du das gewußt: Die Himbeeren bestehen inzwischen nur mehr aus einem Kügelchen!?« – »Und wie viele waren's vorher, in normalen Zeiten?« – »Vierzehn bis achtzehn.« – »Und die Bohnen ranken nicht mehr. Und die Schoten bleiben leer.« – »Und die Tanker tanken nicht mehr.« – »Und jede Auskunft ist ohne Gewähr.« – – – »Gestern noch: Das Nuckeln der Säuglinge an den Flaschen, und das Nuckeln der Schnecken an den Pilzen. Und heute?« – »Gestern: Wir und das Rauschen. Und heute: Wir, der Haufen.« – »Gestern: Der bestirnte Himmel über mir, und das ewige Gesetz in mir.« – »Und heute? Die Bettdecke über mir, und die Matratze unter mir.« – – – »Sie erinnern mich an jemanden.« – »An wen?« – »An jemanden, der im Sterben liegt. Seltsam:

neuerdings erinnert mich auf Schritt und Tritt einer an den, der gerade im Sterben liegt. Der und der, und die und die.« – – – »Warum ist deine Handfläche so rot?« – »Ich habe in eine Farbe gegriffen, die noch nicht trocken war.« – »Aber stand da nicht: Frisch gestrichen!?« – »Ja. Aber gerade dann greife ich jedesmal danach.« – – – »Nicht jetzt.« – »Bitte.« – »Nein, nicht jetzt.« – »Ich flehe Sie an.« – »Nein, nicht jetzt.« – – – »Eh ich's vergesse« – »Was?« – »Oh, ich hab's vergessen. Hilfe!« – – – »Hat jemand nach mir gefragt?« – »Niemand.« – – – »Ah, wie habe ich ihn geliebt.« – »Wer liebt, wird gekränkt.« – – – »Wie ging ich früher mit, mit der Bewegung der Blätter.« – »Und jetzt?« – »Ein Blatt bewegt sich im Gebüsch, und ich sehe meinen Killer da lauern, oder ein tollwütiges Tier.« – – – »Haben Sie Schmerzen? Können Sie gehen? Haben Sie Angehörige? Was ist Ihre Versicherungsnummer?« – – – »Sie müssen jetzt sehr stark sein.« – – – »*Bist* du es? Bist *du* es? Bist du *es*?« – – – »Einst haben mir die fremden Türen gegen die Fersen gestoßen.« – »Und jetzt?« – »Werfen mich die eigenen Türen aus dem Haus.« – – – (Einer etwas wie schrille Vogelschreie ausstoßend, eine Art Zeter und Mordio und dann den Mitgeher wie im Ratespiel fragend:) »Was ist das?« – »Ein Vogelpaar, dem gerade sein Junges aus dem Nest geraubt wurde.« – »Bravo. Gewonnen.« – – – »Woher die Verklärung in deinem Gesicht?« – »Mein Liebstes ist gerade gestorben, mein Alles.« – – – »Ich möchte mit Ihnen reden. Darf ich mit Ihnen reden? So hören Sie doch. Ich will ja nichts von Ihnen. Laufen Sie nicht weg. Ich möchte nur reden.« – – – (Einer oder eine, schon hinter der Szene:) »Liebe, Freude, Weltraum: alles noch da, wie gestern, wie seit je – aber ohne Folge. Nichts, nichts mehr hat Folge.«

*

Allmählich haben sich dann auch Geschehnisse – keine Aktionen freilich – in das Sprechen gemischt: Ein wie Schlafender wird von zweien oder dreien dahergetragen und abgeladen, worauf er die Augen aufschlägt und fragt: »Wo bin ich?« und zur Antwort bekommt: »Zuhause, auf deiner Insel, auf Ithaka«, worauf er aufspringt und wegrennt mit dem Ausruf: »Nur nicht zuhause sein. Nur nicht heimkommen!« – – – Die Statue des Gekreuzigten wird über die Szene getragen, hoch über den Köpfen der Gehenden, welche ihn kaum eines Blickes würdigen, bis auf einen zuletzt, der, indem er kurz langsamer wird, sich hören läßt: »Und auch du bist nicht nachhause gekommen. Wirst nicht heimkehren. Auch du nicht. Niemals.« – – – Eine(r) geht polternd hinter einem anderen her, worauf dieser sich umdreht mit einem: »Kannst du nicht weniger Krach machen?!«, worauf der Hintermann völlig lautlos geht, worauf der Vordermann sich nach ihm umwendet mit einem: »Leisetreter!« – – – Einer schleift etwas wie eine »Tierleiche« – oder überhaupt »Leiche«? – hinter sich her und pfeift dabei wie vergnügt, worauf ein Entgegenkommender ihn anfährt mit einem: »Was gibt es da zu pfeifen?«, worauf der »Leichen«-Schlepper nun aus Leibeskräften pfeift. – – – Und eine(r) geht die Arme voll leuchtender seltenster Früchte und eine Blumenkrone im Haar und flucht dabei, was das Zeug hält, während ein anderer ihn (sie) kreuzt mit noch rauchender Schußwaffe und dabei, wie ein Kind, Hüpfschritte vollführt, während noch ein(e) andere(r) daherkommt mit einer Urne, aus der er (sie) unterwegs die Asche rinnen läßt und sich dazu bewegt im Ringelreihen um sich selber. Allmählich auch ist dann das Sprechen und überhaupt jeder Laut verstummt: Ein vorderhand letzter Laut von dem, der mit einer Drohfaust daherkam und nach dem Sinkenlassen der Faust einen tiefen Seufzer ausstieß. Und dann der, der mitten im Gehen Ausschau hält, jetzt winkt und springt, wie um sich bemerkbar zu machen, jäh erstarrt, sich ein Tuch übers Gesicht wirft und so abirrt. Dann einer, der wie zur Hinrichtung geführt wird, während von woanders welche mit gefalteten Händen kommen, wie von einer gemeinsamen Kommunion. Dann einer, der immerzu im Riechen begriffen ist, im Leeren, an einem an die Nase geführten Gewandstück (spürbar nicht seinem eigenen), am Boden vor allem, wie ein verlorener Hund. Immer mehr auch sind unterwegs, denen noch und noch Drähte, Kabel, Schläuche, Antennen etc. aus sämtlichen Körperöffnungen und -partien hängen, ragen etc. Und, ja, der eine anscheinend Sturzbetrunkene, der seinen Weg, welchen?, durch die Menge sucht, unendlich langsam, jeden Moment am Fallen, und er fällt dann auch wirklich, einmal, zweimal, dreimal, und ein jedes Mal eilt eine Frau herbei und wischt ihm mit einem großen Tuch das Gesicht ab, worauf er sich wieder aufrappelt … und im Abgehen doch Laute hören läßt: Zahlen, »Notnummern«?, die Nummer seiner Frau, einen Haus-Code, einen Bank-Code etc., die er anscheinend allesamt, in einer Art Panik, durcheinanderbringt … Und dann doch noch ein Dialog: einer, der still neben einem anderen einhergegangen ist und ihm auf einmal die Hand umgedreht hat, worauf dieser aufschreit: »He, was tust du da?«, worauf der erste, auf das Glas der Armbanduhr klopfend: »Ich wollte ja bloß nach der Zeit sehen.«

*

Das scheint nun ein Stichwort gewesen zu sein: Denn es tritt nun wieder der Dritte auf, im altbekannten Dritten-Kostüm und klatscht so heftig wie rhythmisch in die Hände, was die

Menge augenblicklich zum Stehen bringt und sich um ihn versammeln läßt, auch den im verblichenen Helden-Kleid, der bis dahin weiter still dagestanden hat, mit zu Boden gesenktem Kopf, wie in Betrachtung der Blutstropfen im Schnee … Und alsdann läßt sich der Dritte nun hören: »Die Zeit ist um.« Darauf der »Held«, als Zwischenrufer: »Meine Zeit? Unsere Zeit? Ist der Krieg ausgebrochen, endlich?« Der Dritte: »Schlimmer, oder anders: Die Zeit ist um.« Zwischenrufer: »Das Ende der Zeiten? Der Jüngste Tag?« Der Dritte: »Anders: Das Ende der Zeit. Es gibt die Zeit nicht mehr, die Zeit ›Zeit‹. Es ist aus mit der Zeit. Mit jeder weiteren Erdumdrehung zwar weiterhin ein Tag. Und mit jeder weiteren Erdumdrehung um die Sonne zwar weiterhin ein Jahr. Zwar werden Tage und Jahre sein, aber die Zeit wird nimmer sein. Zwar es werden Jahre vergehen, aber die Zeit wird nimmermehr wehen. Aus mit dem Zittern bei ihrem Wittern. Aus mit dem Schauder bei ihrem Zauber.« Zwischenrufer: »Und warum keine Sirenen? Und keine Sturmglocken?« Der Dritte: »Sind nicht mehr am Platz am Ende der

Zeit. Haben ausgespielt. Das Ende der Zeit wird – ihr habt's gehört – sang- und klanglos, ohne Trara, ohne Pauken und Posaunen, einfach so eingeklatscht. Und ihr sollt jetzt auch hören, wie es kam, daß es aus ist mit der Zeit, und was die Folgen sind. Ohren auf, Leute: Es ist vielleicht nicht das letzte Mal, daß ich mit euch bin, aber sicher das letzte Mal, daß ich für euch den Dritten spiele. Auch meine Zeit ist um.« Zwischenrufer: »Und warum?« Der Dritte: »Ich hätte all die Zeit selber einen Dritten gebraucht, und mein Dritter wieder seinen Dritten. Streitfrage unter den Zeit-Wissenschaftlern, was wohl zuerst kam: Zeit weg, Aufgebrauchtsein des Elements der Elemente, des Grundstoffs Zeit, und in der Folge Verschwinden des Gegenüber, des Nachbarn, des Nächsten, des andern – oder umgekehrt zuerst das Verschwinden des andern, und dann das In-Atome-Zerfallen, Sich-Verflüchtigen und Erlöschen der Zeit.« Zwischenrufer: »Du wiederholst dich.« Der Dritte: »Du wirst mein Wiederholen vielleicht noch brauchen. Und du dort auch. Und ihr dort auch. So oder so: Einig ist sich die Zeit-Wissenschaft, daß alles begann in den Vororten, in den Vororten der großen Städte, bei den Neuzugezogenen, welche die Plätze der Alteingesessenen oder auch die bislang unbewohnten Leerflächen einnahmen, und dann übergriff auf die Städte, auch auf die Kleinstädte, ja doch!, und zuletzt auch auf das Land und die Dörfer, oder was von denen halt noch übrig war. Vororte und Herzlosigkeit. Vororte und Zeitlosigkeit. Vororte und Andernfrost. Der andere, so die Wissenschaft, geistere höchstens noch in der Ferne herum, als Entfernter, in fernen Ländern, fernen Erdteilen, und da vor allem im Fernsehen, in der Sekundärwelt – nicht aber existiere er mehr in der Primärwelt, auf der Straße, zeit seines Vorbeigehens, in der Realzeit. Zeit und Existenz – Unzeit und Nichtexistenz. Wozu anzufügen ist, daß es zum Verschwinden der Zeit wie des anderen noch eine Minderheitenmeinung gibt: die Wissenschaft selber habe dazu beigetragen, indem sie glaube, alles sowohl vom anderen als auch von der Zeit ausforschen und wissen zu können. Wie auch immer: Die Zeit hat ausgespielt. Ein Stich ist geschehen, ein Stich ins Herz der Welt. Die Zeit, sie zeitigt nichts mehr, und nicht bloß nicht den anderen, sondern überhaupt jegliches Gegenüber. Ohne Zeit kein Gegenüber. Und im einzelnen heißt das: Ah, der Wind jetzt, und jetzt!: Das war einmal. Und: Ah, die Bäume da, und ich? und ich? Und: Ah, das Blau da, und du? und du? Oder du schlägst im Weltwörterbuch nach und stößt buchstäblich jedesmal wieder auf dasselbe einzige Wort, und in unserem Fall hier wäre das zum Beispiel ein arabisches: eines ohne Selbstlaute, einzig aus Konsonanten, *dnk*, und das heißt: kümmerliches Leben. Die Zeit, die Würze der Würzen, ist schal geworden, und die Welt ist unbespielbar geworden. Und im einzelnen heißt das wiederum: Die Tage tagen nicht mehr. Und die Dämmerungen dämmern nicht mehr. Und das Grün grünt nicht mehr –« Zwischenrufer: »Stimmt!« Der Dritte (die übrigen wie zum Miteinfallen anspornend, was dann allmählich auch geschieht): »Die Stille stillt nicht mehr.« Zwischenrufer: »Tut sie schon längst nicht mehr.« Der Dritte: »Der Tau – taut nicht mehr. Der Donner – donnert nicht mehr. Die Schmerzen – schmerzen nicht mehr. Die Herzen – herzen nicht mehr. – Und die Brandung – brandet nicht mehr. – Und das Währen – währt nicht mehr. – Und die Freiheit befreit nicht mehr. – Und die Schulen schulen nicht mehr. – Und die Philosophen philosophieren nicht mehr. – Und die Erlösung erlöst nicht mehr.« Er fällt von seiner Litanei zurück in seinen Sprechton: »Zeit verloren? *Die* Zeit verloren! Euer Stunder hat ausgestundet, Leute. Bewegt euch!? Die Beweger bewegen nichts mehr. Umkehren? Keine Umkehrmöglichkeit mehr. Kein Papstrundschreiben und keine neue Verfassung werden die Zeit und den anderen zurückrufen, die heiligen Zeiten mit dem anderen, das Sonntagsgefühl mit dem anderen. No U-turn. No milk today: my love has gone away. Keine Butterbrote mehr. Keine Kronprinz-Rudolf-Äpfel mehr. Und nimmermehr wird einer euer Dritter sein.« Er hat zugleich seine Insignien abgetan, die mir jetzt erst auffallen: ein Dreispitz? ein Hut mit drei Ecken? ein Dreizack?, und sich unter die Menge gemischt, als einer von ihr, in der nun ein anderer (sic) etwas wie ein Couplet anstimmt, in das mit der Zeit (sic) alle einfallen:

»Als ich zum fallenden Apfel noch sagen konnte:
Hör auf, zu fallen!:
Das waren noch Zeiten.
Das war die Zeit.

Als ich mich beim Stuhl entschuldigte,
wenn ich gegen ihn stieß:
Das waren noch Zeiten.
Das war die Zeit.

Als ich zum jammernden Spatzen im
Winterbusch sagen konnte:
Na, wird schon wieder!:
Das waren noch Zeiten.
Das war die Zeit.

Als du mein Moment warst –
– und ich der deine:
Das waren noch Zeiten.
Das war die Zeit.

Als die Liebe mir aus mir heraushalf –
– und in mich hineinhalf:
Das waren noch Zeiten.
Das war die Zeit.

Als der Schmerz nachließ –
– und das Erzählen einsetzte:
Das waren noch Zeiten.
Das war die Zeit.

Als wir das laufende Datum vergaßen:
Das waren noch Zeiten.
Das war die Zeit.

Als die Träume uns die Klinken in die Hand gaben,
die einen zum Höllen-,
die anderen zum Himmelstor:
Das waren noch Zeiten.
Das war die Zeit …«

*

Die Menge – eher das Häufchen dort auf der Szene, zugleich eine Art »Fähnlein« – macht sich nun auf der Stelle auf den Weg, ein jeder woandershin. Doch keiner kommt weit. Keiner verschwindet. Ein jeder macht schon nach ein paar Schritten kehrt, und geht, oder läuft, oder rennt woandershin, und dreht dann wieder, mehr und mehr auch lang und länger vor der Spielfeldgrenze, ab (die Szenerie scheint sich so zu verkleinern und wechselt die Richtung – obwohl doch keinerlei Richtung mehr im Spiel ist, ebenso wie offenbar weder ein Horizont oder bloß Fluchtpunkt, noch eine Perspektive). Zugleich, während all ihres nicht besonders hektischen und schon gar nicht panisch wirkenden Hin und Her, Kreuz und Quer, Auf und Ab, das mit der Zeit (sic) fast als ein Tanz anmutet, ergehen sie sich, auch, wie zuvor, in Momenten des Innehaltens, in kurzen Gesprächen, von denen ich etwa folgendes mitbekommen habe (seltsam dann, daß sie alle mit einem Akzent zu sprechen scheinen – keinem Dialekt –, einem Akzent, der an die Bewohner von Sprachinseln erinnert, an die Donauschwaben? die Wolgadeutschen? die Gottscheer? die Aussiedler auf Yucatán? die Herrnhuter?, jedenfalls eine reine, prononcierte und zugleich wie altertümliche Sprache): »Endgültig verirrt.« – »Vielleicht sind wir zu viele.« – »Wären wir weniger, stünde es noch schlimmer um uns.« – »Es heißt, mit dem Verirren zeige sich, was in einem steckt.« – »Angeblich lernt man da neu sehen.«

– »Mit dem Verirrtsein beginne überhaupt erst der Ernst des Lebens.« – »Wieder welche meinen sogar, für den Verirrten beginne eine andere Zeit, und je mehr sich gemeinsam verirrten, desto stärker gar die Möglichkeit für eine neue Zeit, eine grundlegend neue. – – »Auch im Tierreich herrscht inzwischen das Durcheinander. Die Glühwürmchen fliegen nicht mehr vom Boden auf, hocken nur noch nächtelang unter den Gebüschen, mit immer schwächerem Glühen.« – »Und die Kühe: Keine mehr sieht man wiederkäuen. Und statt Stierkampf Ochsenkampf: die Ochsen scharren mit den Klauen und stoßen zu, während die Stiere äugeln wie neugeborene Kälber.« – »Die Katzen vergraben ihre Scheiße nicht mehr. Die Hunde bleiben stehen bei Rot an den Ampeln. Die Elstern stehlen nur noch, was nicht glitzert. Der Kuckuck baut Nester und brütet Amseleier aus.« – »Die Schwalben, statt durch die Luft zu zickzacken, sind Bodenläufer geworden, immer geradeaus, und die Spatzen Galgenvögel, und die Raben Schwimmvögel, während die Enten zwar weiterhin schwimmen, aber in ihrem Kielwasser statt der klaren Dreieckslinien nur ein Wirrwarr hinterlassen, und die Hühner hoch im Himmel über den Adlern kreisen und die Wildgänse im Spätherbst statt nach Süden nordwärts ziehen.« – »Die einzigen nicht durcheinandergeratenen Geschöpfe sind die Wildtauben: die waren von vornherein verirrt, naturverirrt, und irren weiterhin im Kreis wie seit je.« – »Sogar die Pflanzen wissen nicht mehr, wohin mit sich. Die Rosen stecken die Köpfe in den Sand. Die Sonnenblumen wenden sich von der Sonne ab und den schwarzen Löchern zu. Und die Äpfel ziehen sich zurück in die Wipfel, die zu hoch sind für die höchsten Leitern. – Und die Schneeflocken bilden keine Kristalle mehr.« – – »Wäre ich doch nach der Sintflut nicht aus der Arche getreten.« – »Hätte mich doch die Tochter des Pharao samt meinem Körbchen im Nil versenkt.« – »Hätte ich nur den König Salomo nicht besucht.« – »Hätte ich bloß Amerika nie entdeckt.« – »Wäre ich doch Zimmermann geworden statt Zar.« – »Hätte ich doch nur den Frosch nicht geküßt.« – »Hätte ich bloß den Blitzableiter nicht erfunden.« – »Hätte ich nur den Schneeberg Schneeberg sein lassen.« – »Hätten wir bloß nie nach der

Schrift geredet.« – »Ja, hätten wir nur unsere Mundart nie verlassen.« – – In ihrem Durcheinandertanz, hat sich der Spielraum des Häufchens mehr und mehr verengt, und jetzt bleiben sie dichtgedrängt, fast ein Menschenklumpen, im Schnittpunkt all ihrer Kreuzwege stehen, anscheinend ratlos. Dann ein gemeinsamer Seufzer, wie mir noch nie einer zu Ohren gekommen ist. Ging da nicht ein Windstoß über die Szene? Und noch einer, stärker? Der Haufen dort rührt sich nicht. Nichts rührt sich an ihm, kein Stoff, kein Haar.

*

Dann bricht aus der Mitte der Menge etwas – jemand – sich Bahn, plötzlich, fast wie bei einer Explosion: eine ähnliche Gewalt ist dort offenbar am Werk. Erst nach einigen Augenblicken bemerke ich: Es ist der frühere Möchtegern-Held und gerade noch Zwischenrufer, der aus Leibeskräften um sich schlägt, tritt, haut, boxt. Endlich Handlung? Aktion? Freilich trifft er kaum, streift höchstens den einen oder andern; ohne viel Aufwand wird ihm ausgewichen oder von ihm weggetaucht. Und bald ist er auch wieder ruhig, oder hat zumindest von seinen Hieben, samt imaginären Stichen und Schüssen, gelassen, während die Konzentration der übrigen, ihn mit einem losen Bogen Umringenden, weiterhin, wenn auch nun auf andere Weise, ihm gilt. Und so läßt er sich also hören: »Ein Held wollte ich immer sein, fühlte mich zum Helden geboren. Und was bin ich geworden? Ein Schläger, der nicht einmal zuschlagen kann. Ein Killer zu zage zum Killen. Ein Amokläufer ohne Opfer – ein Irrläufer. Ein Kümmerling. Eine krakeelende Randfigur, die bloß dem Anschein nach im Mittelpunkt steht. Auf ein Geschick war ich aus, wie nur je ein Held, und bin geworden der Wicht, der sich wichtig macht – Spottgeburt des Geschicks. Und der einsame Ritter wollte ich sein, der einsame Sucher, der Befreier auf eigene Faust, eine einsame Lichtgestalt, eine solche, wie ein anderer einmal eine gewesen ist. Lichtgestalt, mit einem Lichtgeschick. Held, aber um des Himmels willen nicht einer Tragödie. Nichts ferner meinem Sinn als die Tragödie. Und jetzt? Schatten unter euch Schatten in unserer gemeinsamen Tragödie des gemeinsam zum Schattendasein Verurteiltseins. Ah, wenn's noch wenigstens um eine antike Tragödie ginge, die eines Einzelnen, oder eine moderne, die eines Volks und nicht die postmoderne hier von uns Schattenleuten, von uns Fremden jenseits des Fremden, von uns Gespenstern ohne den Zauber und das Spannende von Gespenstern. Die Fremde jetzt: So reizlos war noch keine Fremde.« Er scheint von neuem agieren zu wollen, hält dann aber still und sagt ebenso: »Ich habe g-. Ich möchte st-. Ich will nicht mehr sp-. Weg mit m-. Ich gehöre längst abgesch-. Ich bin am En-. Ich bin verl-. Wie bin ich verl-. Wie sind wir verl-, und wie lächerlich ist unsere Tr-. So lächerlich wie seinerzeit, als ich mich in einen Regenschirm stürz-, um aus dem Le- zu schei-. Hat jemand von euch einen Regenschirm dabei?«

*

Das ist jetzt mein Moment. Ich, der Zuschauer trete auf. In der Tat habe ich stark auftreten müssen, um mich den Verirrten auf der Szene bemerkbar zu machen. Bin ich gelaufen gekommen oder gar eingeflogen? Ich erinnere mich nicht, es ist wie die Lücke in einem Traum. Am ehesten bin ich wohl hereinspaziert. Jedenfalls habe ich meinen Zuschauerhocker aufgeklappt, mich an den Rand der Spielfläche gehockt und gerufen: »He, ihr! Keine Tragödie vortäuschen. Alles nicht wahr. Auf, ihr Knochen. Tut was für mein Geld.« Die Menge hat sich allmählich mir zugewendet. Der gerade noch den Amokläufer gegeben hat, mustert mich aus dem Abstand und sagt: »Wer ist der Typ da? Der Dritte kann es nicht sein. Denn der hatte eine Art, ein Auftreten und vor allem eine Autorität.« Und darauf ich: »Ich bin ein Zuschauer. Der Typ Zuschauer. Einer, der euch zuschaut. Das ist meine Rolle. Die ist zwar eher klein, aber nicht so ganz ohne. Du da, Möchtegernaktivist und Möchtegernselbstmörder, machst dir damit bloß selber Luft, und nicht einmal dir selber. Ich bin dein Zuschauer, und Luft zu machen hast du mir. Schluß also mit dem tragischen Gehabe. Tragödien, solche oder solche, gibt es nach dem neuesten Stand der Forschung nicht mehr. Die Zeiten der Tragödie, so die Forschung, sind vorbei, weil es keine Schuldigen mehr gibt, weder bewußt Schuldige noch unbewußt Schuldige, und zudem auch keinerlei Unschuldige, keine. So wie einerseits, laut jüngsten Forschungsergebnissen, sich das Schuldbewußtsein aus der Welt verabschiedet hat, so auch jedes Unschuldsbewußtsein, verabschiedet schon aus den, wie sagt man, Genen? In diesem Sinne: Euer Nicht-mehr-wissen-wohin – halb so tragisch – ganz und gar nicht tragisch. Das mit dem Ende der Zeit: war bloß eine Katastrophenübung. Eine Probe für den Ernstfall. Und außerdem gilt hier eine besondere Zeit, die Spielzeit, welche seit jeher endet, ohne ein Ende zu haben. Wenn die Spielzeit um ist, heißt das nicht ›Zeit um!‹, vielmehr: ›Zeit für die nächste Spielzeit!‹ Also auf, weiter im Text, weitergehen, mit der Gehluft reden. Und gefälligst immer bezogen auf mich, der euch zuschaut. Könnte nicht ein jeder von euch noch und noch Geschichten erzählen, wie sich das Blatt gewendet hat – und nicht immer zum Bösen – dadurch, daß er als Zuschauer wirkte, als Zuschauer tätig war? – Viel Glück!« Und damit habe ich meinen

Klappsitz geklappt und bin verschwunden, so wie ich gekommen bin.

*

Sie sind danach wieder in ihr Gehen, Kommen, Gehen gefallen. Dabei haben sich neuerlich diese und jene Paare herausgebildet. Und auch wenn ich verschwunden bin, werde ich doch ab und zu, da und dort, mitgewirkt haben, und nicht nur, indem sie etwa nach mir schielen oder Ausschau halten, sondern auch in einem zeitweisen Zögern oder Ändern der Haltungen. So, als etwa einer, dem ein anderer, wie am Anfang, eine Last abnehmen will, dessen Hand wegzustoßen im Begriff ist, und dann, als spüre er meinen Blick, sich helfen läßt etc. Mein Zuschauen wirkt fortan als eine Art von Begleitmusik. Zunächst freilich bleibt das Häufchen oder Fähnlein an Ort und Stelle stehen, annähernd im Halbkreis, mit dem ehemaligen Tragiker in der Mitte, der es nicht unterlassen kann, es mir, dem Verschwundenen, heimzuzahlen: »Was mich betrifft – ich bin kein Zuschauer. Ich habe mich nie mit dem Zuschauen begnügen wollen. Auch wenn ich mein Lebtag lang nichts tat als die Tropfen Blut im Schnee zu betrachten. Ich bin ein Akteur!« Zugleich aber hat er sich unter die andern gemischt und war auch gleich schon nicht mehr wiederzuerkennen (was dann so blieb bis ans Ende). Dieser und jener läßt sich jetzt, immer noch im gemeinsamen Dastehen, hören: »Die Spuren der Verirrten im Schlamm.« – »Und in der Asche.« – »Und im Sägemehl.« – Und einer kommt sogar ins Erzählen: »Einmal kam ich von einer langen Reise in mein Haus zurück und fand dieses in einem großen Durcheinander. Es war aber niemand eingebrochen, und nichts war gestohlen. Federn lagen überall zerstreut zwischen den zu Boden gefallenen Büchern, Gläsern, Geräten. Dann fand ich den dazugehörenden Vogel unter einem Tisch, längst tot. Er hatte sich wohl in meiner Abwesenheit, vielleicht durch den Kamin, ins Haus verirrt und dann nicht mehr ins Freie gefunden. Es war ein kleiner Vogel, ein Rotkehlchen. Aber was für gewaltige Spuren des Verirrten im ganzen Haus. Ein Spiegel war zersplittert. Mehrere Bilder hingen nicht nur schief, sondern waren eingerissen.

Zerfetzte Vorhänge. Verrückte Stühle. Dellen, auch kleine Sprünge vom Schnabel? vom Schädel? in den Fensterscheiben. Kotspritzer überall, auch auf dem Teleskop, das zu Boden wies statt himmelwärts. Von dem Pfeil-und-Bogen an einer der Wände war der Pfeil weggeschnellt und steckte im Kleiderständer, und der Bogen war kein Bogen mehr. Die gewaltigsten Spuren freilich waren die von den Salzkörnern auf dem Tisch, im weiten Umkreis um das Salzfäßchen, dem einzigen Gegenstand da, und dazu, zwischen den weißen Kristallen, die man noch weiter und weiter wegspritzen spürte unter den Flügelschlägen, die fast ebenso hellen Kotspritzer. Ich habe diese Spuren bis heute nicht beseitigt und werde sie nie beseitigen.« Ein anderer: »Frage: Wie bewegt sich ein Vogel, der lange gefangen irgendwo umhergeirrt ist, dann befreit durch die Lüfte?« Wieder ein anderer: »Er taucht da auf und ab, wie ein Delphin.« Und auf die entsprechende Weise machen sich nun diese zwei auf den Weg. – Und wieder ein anderer: »Frage: Und wie fliegt eine befreite Fliege?« Noch ein anderer: »Schnurstracks geradeaus.« Und auf ähnliche

Weise bricht auch dieses Paar auf. – Und wieder einer: »Und was für einen Flug beschreibt eine ins Haus verirrte und endlich zurück ins Freie findende Biene?« Einer: »Ein regelmäßiges großes Zickzack, bis zum Horizont.« Und so sind auch diese zwei nun aufgebrochen. – Und zuletzt einer: »Und der Weg einer befreiten Spinne?« Die noch übrigen: »Seitwärts. Seitwärtshaspeln. Für eine Spinne sehr schnell. Seitwärts und weg ins Gras. Ins Gebüsch. Unter den Stein. In die Mauerspalte. Eben noch eingerollt, totgestellt und – zack, weggeflitzt, außer Sicht.« Und in ähnlicher Weise sind jetzt auch die letzten von der Szenerie gegangen, gekreuzt von den ersten, oder sonstwelchen. Und in der Folge so weiter: Gehen, Kommen, Gehen, im Gleichmaß, ohne Verlangsamung oder Innehalten, oder wenn in Andeutungen, dann mit einem Ruck – Zuschauer! – zurück ins Gleichmaß, und in ebensolchem Gleichmaß dann auch das gelegentliche paarweise Reden, welches mit der Zeit immer spärlicher wird. So etwa: »Bist du das?« – »Ja.« – »Aber du hattest doch helle Haare, warst viel kleiner, trugst nie ein Kleid.« – »Ich bin es.« – – – »Was für eine Trostlosigkeit von dir ausgeht.« – »Ich bin verliebt, zum ersten Mal.« – – – »Wie haben wir beide doch einmal staunen können.« – »Das Blau vom Himmel haben wir heruntergestaunt. Am späten Nachmittag den Morgen herbeigestaunt.« – »Mitten im Binnenland das Meer herbeigestaunt. Vor einem Stück Rasen die Savanne der Freiheit herbeigestaunt. Das Staunen machte Freunde aus uns allen.« – – – »Schon die längste Zeit warte ich um dich.« – »Auf mich, soll es heißen.« – »Nein, um. Ich warte um dich.« – – – (Einer, zu den Entgegenkommenden:) »Du nicht. Du auch nicht. Und du da schon gar nicht. (Dann:) Du!« – – – »Was hauchst du da dauernd ins Leere?« – »Mein Kind ist krank.« – »Aber das lebt doch weit weg von hier.« – »Ich weiß.« – – – »Was ist los mit dir?« – »Ich freue mich. Dabei fehlt mir fast alles. Und die Welt pfeift angeblich aus dem letzten Loch. Und ich? Bin voll Freude. Verrückt.« – »Keine Sorge, wird schon nicht dauern.« – – – »Schön ist es hier.« – »Warum sagen Sie mir das? Wir kennen uns doch gar nicht. Oder?« – »Wenn es einmal schön ist, scheint mir, ich kenne jeden.« – – –

(Mehrere): »Ah, dieses baltische Licht heute!« – »Unsinn: balkanisches!« – »Blödsinn: Mississippi-Licht!« – »Was redet ihr da: Es ist das Licht über dem japanischen Meer!« – (Allmählich ist auch jeder in einen verschiedenen, fremdländischen Akzent gefallen, slawisch, amerikanisch, spanisch, arabisch ...) – – – »Was tust du da?« – »Ich schaue meinem Vater nach.« – »Aber das ist doch gar nicht dein Vater.« – »Eben: In dem Fremden da kann ich endlich meinem Vater nachschauen.« »Mein Vater, als meine Mutter im Sterben lag, bekam eine ganz andere Sprechweise: Wenn er vorher die Buchstaben und Silben verschluckt hatte – ein richtiger In-den-Bart-hinein-Nuschler ist er gewesen –, so sprach er in der Sterbezeit seiner Frau jedes einzelne Wort überdeutlich aus, vor allem die Selbstlaute, das A, das E, das I, das O, das U. Je näher der Tod rückte, desto stärker betonte er die Vokale: ApfEl, StAUb, WAldwEg, LEUchttUrm, NOrdpOl, NUmAncIA ...« – – – »Warum sagst du so oft: Ich bin verloren!?« – »Ein jedes Mal, wenn ich es gesagt habe, war ich dann doch nicht verloren. Ich bin verloren.« – – – »Ich grüße Sie.« (Der Gegrüßte:) »Schau, schau, es wird also noch gegrüßt. Immer mehr Unbekannte grüßen einander. Gutes Zeichen?« – – – (Täusche ich Zuschauer mich, oder hat das immer-gleichhelle Licht sich geändert, wie bei einer leichten Sonnenfinsternis? Und im übrigen habe auch ich mich in den Umzug da gemischt. Oder habe ich mir das bloß vorgestellt? Oder geträumt? Und dazu kommt ein Radfahrer gefahren – welchen einer der Gehenden stoppt mit:) »He, warum gehst du nicht zu Fuß?« – »Ich bin auf der Flucht. Das ist ein Fluchtrad.« – »Flüchten tut man heute am besten zu Fuß.« – »Eigentlich wahr!« (Und er läßt das Rad Rad sein und geht mit den anderen.) – – – »Es kommt der Herbst.« – »Es wird windig.« – »Es gibt solche Tage.« – – – »Wo ißt du heute zu Abend?« – »Im Lindenhof.« – – – »Wo sind wir?« – »Im Advent.« – »Aber gerade war doch noch Ostern.« – »Ah, wenn doch immer Advent wäre.« – »Und Weihnachten nie.« – – – »Wo sind wir?« – »In Tennessee.« – »Aber gerade war das doch noch Alabama.« – »Wo sind wir?« – »In Dnjepropetrowsk.« – »Aber gerade war das doch noch Deutschkreuz.« – »Wo sind wir?« – »In

Tatabanya.« – »Aber gerade war das doch noch Kaltenleutgeben.« – – – (Episodisch spricht dann der eine oder andere nur noch zu sich – so einer, der im Gehen die Arme ausbreitet mit einem:) »Nichts von dem allen hier gehört mir – herrlich!« (Und dann einer, im Gehen im Kreis äugend, vor allem über die Schulter:) »Na, mein Winkel!« (Und vielleicht noch einer, im Vorbeigehen das da liegende Rad streifend mit einem:) »Oh, Entschuldigung!«

*

Und dann nur noch das Gehen, Kommen, Gehen? Zwischendurch sehe ich, wie einer seinem Mitgeher über den Rücken streicht, wieder und wieder. Sogar ein »Kind« mit einem Reifen ist aufgetreten, neben ihm ein »Greis« auf Krücken – und bei der nächsten Runde geht der »Greis« mit dem Reifen, und das »Kind« auf Krücken. Und danach scheint noch einer im Gehen ein Kreuzworträtsel zu lösen – jedenfalls murmelt er eine Litanei von fraglichen Wörtern: »Südseeinsel mit vier Buchstaben? Indianischer Komponist, senkrecht, beginnt mit

Y …« Und jetzt keine besonderen Vorkommnisse mehr? Kein Wort mehr? Für Augenblikke, wenn auf der Szene zwei paarweise dahinziehen, ist es, als bewegten sich dort drei. Und dann höre ich doch noch welche reden, freilich so, als sprächen sie längst woanders, jenseits der Szene weit weg: »Unsere Spuren – wären sie aufgezeichnet: was für ein Bild würden sie wohl geben?« – »Gern hätte ich es gesehen.« – »Ja, gern würde ich es sehen.« – »Wie hat das Verirrtgehen, das Rutschen, das Stürzen, nein, das Faststürzen mir doch den Blick geschärft.« – »Weiter in die Irre gehen. Beständiger verirrt sein.« Und so wie diese Worte verklungen sind, so dann auch die Schritte. Und unversehens haben sich doch alle wieder eingestellt und stimmen wieder das Couplet an, einer nach dem anderen, und schließlich alle gemeinsam:

»Als ich dachte: Hase lauf!
vor dem leeren Winteracker,
und als dann da wirklich der Hase lief:
Das waren noch Zeiten.
Das war die Zeit.

Als mir die Stimme brach,
im Unglück, wie auch im Glück:
Das waren noch Zeiten.
Das war die Zeit.

Du bist über mich gekommen.
Und du hast mich empfangen:
Das waren noch Zeiten.
Das war die Zeit.

Die Träume weckten.
Die Träume entdeckten.
Die Träume klarten.
Die Träume offenbarten.
Die Träume kündeten.
Die Träume begründeten:
Das waren noch Zeiten.
Das war die Zeit …«

(Juli 2005 – März 2006)